봄날

열반으로 지다

브르시오름

이귀온·박하연·이명우·김려옥
문은옥·전소영·임금재·임규택
김하리·조동권·김영자·심종숙
박병선·허 열

신세림출판사

바라시 동인지

봄날, 열반으로 지다

푸념 한마디

　古今을 막론하고 동서양 할것없이 詩人들은 가난하다. 詩를 써 밥을 먹고 산다는 것은 그림의 떡이다.

　우리가 사는 21세기의 物神時代에 돈을 쫓지 않고 밥을 굶어도 꿈을 쫓는 사람들이 詩人이다.

　詩人이 하늘의 별만큼 많다는 우리나라는 分明히 祝福받은 民族임에는 틀림없는데 茶한잔 값도 못되는 詩集은 팔리지 않는다는 現實은 어떻게 생각해야 할까.

　詩는 五官을 노래하는 것이 아니다.

　짜릿한 자극을 원하는 이 막판이 뜨는 時代에 五感을 뛰어넘는 世界를 그리는 것이 詩여서 피부에 직접 와 닿지 않아도 五感을 뛰어넘은 더 넓고도 깊은 世界가 있다는 것을 우리는 노래한다. 별로만 떠 있는 우주를 보라. 우주가 한꺼풀씩 벗겨지면서 그때마다 그 無限大와 그 신비스러움에 우리는 전율한다. 그 넓고도 오묘한 정신세계를 노래하고 유영하는 詩人들.

　장르를 뛰어넘어 새로운 世界를 추구하는 多樣化하는 이 時代에 한 사람의 정신세계를 깊이 천착하는 個人시집도 좋지만 10人 10色의 詩世界를 엿보는 것도

同人誌를 읽는 재미가 아닌가 싶다.

　눈이 팽팽 돌아가는 쫓기듯 사는 삶에서 돌아와 시집 한 권 손에 들고 느긋이 詩人이 이끄는 詩의 오솔길 따라가다 보면 또다른 世界가 펼쳐진다. 그 시간이야말로 어느 경전 어느 성서보다 머리 아프지 않고 손쉽게 마음편하고 충족된 행복을 맛볼 것이다.

　현실과 꿈의 세계 넘나들다보면 하루의 스트레스가 눈녹듯 사라짐을 느낄 것이다. 詩가 어느 宗敎보다 優位를 차지하는 까닭이다.

　詩를 향한 열정 하나로 버티는 詩의 中毒者들이 이 책을 읽는 사람들에게 새로운 세계를 선물하는 것이 우리 동인들의 뜻이다.

이 귀 온

차례 | 바라시동인지

이 귀 온 Lee Kwi On

CONTENTS

차례 | 바라시동인지

김 려 옥 Kim Ryo O

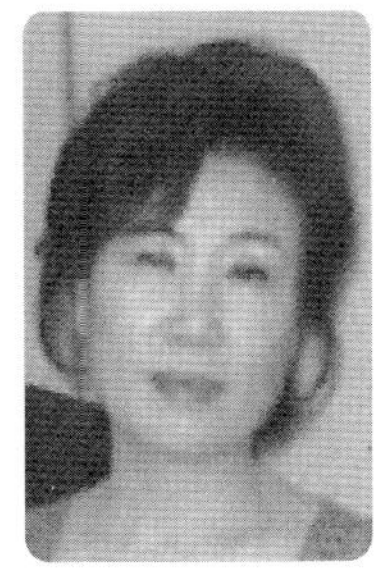

문 은 옥 Moon Un Ok

전 소 영 Jeon So Yong

임 금 재 Im Gum Jae

CONTENTS

차례 | 바라시동인지

임 규 택 Im Gyu Taek

二部

김 하 리 Kim Ha Lee

차례 | 바라시동인지

조 동 권 Joe Dong Kweon

김 영 자 Kim Yong Za

심 종 숙 Sim Jong Sook

박 병 선 Park Byong Sun

CONTENTS

허 열 Heo Yeol

一部

이귀온
박하연
이명우
김려옥
문은옥
전소영
임금재
임규택

바라시 동인지

이 귀 온

Lee Kwi On

어둠에서 어둠으로 묻혀버릴
가라앉은 희노애락의 앙금들
빨강 기쁨 푸른 슬픔 회오의 검은 빛
무지개빛으로 깜빡거린다

勝者도 敗者도 없는
화해의 몸짓으로
一直線으로 서는 촛불

밤하늘의 불꽃놀이
어둠이 있어 아름답듯

너 있어 나 빛나고
나 있어 너의 더 큰 사랑

약 력 ·『시문학』으로 등단
·한국문인협회 회원, 현대시인협회 회원, 국제펜클럽 회원
·『시문학』시낭송회 회장
·시집『빛의 반란』

짝사랑
– 나의 하늘

하늘에 별이 뜨지 않으면서
가슴에도 별이 뜨지 않습니다

하늘 잠식하는 빌딩의 키재기 속에서
해는 늦게 뜨고 일찍이 집니다
형광등에 찌든 몸은 비틀거리고
냉동식품만 먹고 살아서
이빨시린 미소로써는 녹일 수 없는
가슴의 얼음덩이 서걱입니다
수직으로 오르내리는 생각들
승강기 속의 타인들의
숨막히는 침묵의 무게
정수리 저려오는
철저한 무표정의 외면

아침저녁 키스로 사랑을 확인해도
얇은 입술의 맹세는 물거품 같아
공기에 닿는 순간 스러지고
종이에도 손가락 베이듯
옷깃만 스쳐도 살갗이 베입니다

오직 옆집 창에 비치는 하늘만이
나의 하늘입니다

짝사랑
- 촛불

손만 대면 묻어날 것 같은
어둠의 늪에
촛불을 켜다

뺏고 뺏기는 明과 暗
식탁 위의 白兵戰

어둠을 핥으며 희롱하는
불꽃
비겁하게 스며드는
원초的인 공포 어둠

한줄기 빛이
뇌주름살 속에 찡겨있던
공포에
칼날을 들이 댄다
난도질 되는 多生의 갈등들

몸 태우며 몸부림치던 불나비의 사랑에
뜨거운 촛농 가슴으로 받아내며
삭아져 내리는 시간을
不眠의 가시 冠을 쓰다

어둠에서 어둠으로 묻혀버릴
가라앉은 희노애락의 앙금들
빨강 기쁨 푸른 슬픔 회오의 검은 빛
무지개빛으로 깜빡거린다

勝者도 敗者도 없는
화해의 몸짓으로
一直線으로 서는 촛불

밤하늘의 불꽃놀이
어둠이 있어 아름답듯

너 있어 나 빛나고
나 있어 너의 더 큰 사랑

짝사랑

- 마술사

쥐도 비둘기로 둔갑하고
만원지폐 불태워 장미꽃도 피워낸다
휘두르는 지팡이 끝이 황홀하다

한번 휘두르면 웃고
두 번 내리치면 울고
나는 없어지고
몸을 공중에 띄어 올리기도 하고
조각 조각 토막도 낸다
눈속임인 줄 알면서도 마비되는 감각
눈의 착시를 믿고 싶은 짝사랑

그는 만능이다
검은 헬멧 높이 번쩍이며
무대 위를 우주로 자유자재 드나들며
이승의 법칙은 무시하고
변화무상 조화를 부린다

입에서 쏟아내는 오색의 거짓말
줄줄이 뽑아내며 희롱한다
모르면서도 속지만
알면서도 속는 즐거움

사랑의 마법에 걸렸다
그의 일거수 일투족에 일희일비(一喜一悲)하며
사는 삶에서
내 마음 들여다 보며
하-트도 집어내고 스페이드도 펴든다
거짓말도 못하고 달아날 길 없는
사랑

짝사랑. 28
- 웅녀 이야기

당신은 봄빛이 되어 주세요
그 따스한 손 끝에서
깨어나는 목숨입니다

어둡고도 습한 긴 겨울잠에서
되새김질 하던 기억들
이제는 절망도 희망도 아닌
피안의 등불입니다
때로는 환하게
가끔씩은 꺼질듯 보이는
불씨입니다

낮을 대로 낮은 체온으로 버틴 날들이
아직은 피가 돌아...
간도 쓸개도 떼어주어도
단물의 유혹에 춤을 추는
미련한 짐승이지만

당신의 사랑에서만
진정
사람이 되고 싶은
목숨입니다

짝사랑

- 허수아비

肉脫했다

회초리로 감겨드는 쓸쓸한 가을바람

허수아비로 사는 목숨
두 다리는 사치다
이승에 발 부칠
한쪽다리로도 족하다

눈비 맞을
희노애락 지운 얼굴
정수리 빠져나간 밀짚모자 눌러쓰고
세상의 뒤안길 쓸고 살아도
온 세상 품어 안을 두 팔 있어
넉넉하다

더러운 알몸
감싸줄 누더기 한 조각
이빨 부딪히는 외로움 막아주고
바람과 구름 눈 맞추면
황금빛 벌판 가슴에 들어와
보이는 세계 모두 금빛으로 출렁 인다

A scarecrow

All flesh was disappearred

Lonely winds in autumn was passed like a whip.

A life living as a scarecrow.
Having two legs is luxury.

Only one leg with which it stand on this world
will be sufficient.

Suffered by snow and rain,
with a face which overcame joy, wrath, love and sorrow,
putting on a lidless hat,
living a life which sweep back-street,
It feels happy
because of two arms cherishing full world.

A piece of tattered cloth
which shelter dirty naked body
protects trembling loneliness.

Exchanging glances with winds and clouds

It feels golden field in the heart
And all the world it sees fluctuate with golden color.

片思い・28
一熊女[*] の伝説

イ ギオン

あなたは春の光になって下さい
その暖かい手先によって
目覚める生命です
暗くてじめじめした長い冬眠から
反芻した記憶らは
今は絶望でも希望でもない
彼岸の灯火です
時には明るく時には消えそうな
火元です
出来る限りの低い体温にて耐えた日々
未だに血の回る生命です
肝も胆嚢も取出し上げたけれど
未だに甘い汁の誘惑に舞い舞う
しかない獣ですけれど
あなたの愛によってのみ生き返る
心から
人間になりたい命です

* 熊女: 人間になりたかった熊が洞窟でにんにくだけを食べながら
　　　　何十年も待ってようやく女になった話。

바라시 동인지

박하연

Park Ha Yeon

그리던 세상이 오늘인가

해묵은 얼룩먼지, 남루 몇 벌
새벽녘 청소부가 다 쓸어 가다오
찢어진 연이 되어 먼먼 하늘로

내 몸에 꼭 맞는 옷 한 벌
그리고 詩 한편.

약 력　·'63년 『시와 시론』으로 등단

·국제펜클럽협회 이사 역임

·타골국제문학회 회장

·문학과 역사학회 부회장

·여행문학회 부회장

·시집 『일곱 햇살의 문』, 『바람 소리만 걸려있는 정거장』

·칼럼 「자유 절대의 자유」, 「강남 강북」외 다수

·기행문 「한국의 민속품」외 화실 탐방기 다수

연어

굽이 굽이 파도 갈피 지문 찍었던
파도도 거뜬히, 기억 여행
집 나갔던 떠돌이 바람 다시 돌아와
남대천 옅은 물에 딩구는 몸부림
누워 있던 추억들 한꺼번에 일어나 울부짖더라
땡 땡 땡 마지막 종소리
도미노처럼 북향으로만 떨어지네

고래도 뱀도 다 따돌리고
잠시 머물렀던 시린 간이역
피빛 단풍잎 하나 뚝 떨어져
온갖 허물 덮어주네

뭘 믿지
돌아갈 수 없는 길 다시 찾아와
이젠 영원의 품

모래

온밤 새도록 잠 못 이루어
소리치며 울부짖던, 미친 파도가
덩치 큰 바위며, 산호며, 예쁜 조개들
다, 잘게 곱게 짓이겨 부셔버린.

고기잡이 배 타고 떠난 외아들
기다리다 기다리다, 토해내는
어머니의 피빛 기도가
쌓이고 쌓여, 하얗게 바래버린.

어제도 온종일, 폭우 천둥 번개 치더니
갓 태어나 떨어진 꽃들의 넋
사각 사각 서로 몸 부비며
묻혀 사는 어린 꽃무덤.

키 큰 남자의 아픈 사랑이
바다 가에 날아가, 씻기고 씻겨
조각 조각 매일 매일 조각나 버린.

아시아 사람

내 고향은 아시아 모든 나라들의 거리
수많은 인종들, 야망으로 뒤엉킨
낯선 대지를 방황한다.

중국, 인도, 일본, 필리핀, 스리랑카
기갈들린 영혼이, 광란의 가출을 꿈꾸던 그 이웃들
자유와 비상을 갈구하던 서툰 젊은 날.
히말라야의 딸 갠지스 강가
업에 속박된 윤회의 삶 벗어날 수 있는
시바신의 가르침을 터득했지

햇살 잠길 녘
가난한 모녀의 오두막에서 고단한 몸 쉬고
나그네 등짐에 옥수수 한 토막 건네주던 정
예쁜 인도 소년의 까만 눈동자에 서리던
그 눈물 부서져
오늘 서울 내 뜨락에, 안개비로 떠돈다.

김치

한 여름 바람과 비, 햇살 잘 견뎌
땅속 깊숙이 뿌리 내려
끌어 올린 초록 진한 에너지

배추, 무,
천일염 콱 질러 숨죽인다.
죽어서 조선 옹기 단지 가득 담겨
다시 태어난 이 땅의 먹거리
다듬고 썰어, 다지고 저며, 버무린
얼얼한 깊은 감칠 맛

안에서 익는 폭풍, 맛으로 깨어나
한국 여인의 톡 쏘는 손 맛
짜릿하게 당기는 중독성

포기 포기 진달래꽃으로 피어난
오천년의 긴 기인
탯줄 끌고 온.

옷

한 생애 입고 견딘 헐렁해진 옷

무지개 빛 찬란한 탈바가지 뒤집어쓴
변덕 많은 바람에 끄달리다가
정수리를 긁아대는 낡아빠진 기계
벌겋게 몸살 난 시간과 한판 대결
목청만 냅다 큰 나뭇가지 하나 부여잡고
밤에도 잠 못 들고 펄럭인다.

그리던 세상이 오늘인가

해묵은 얼룩먼지, 남루 몇 벌
새벽녘 청소부가 다 쓸어 가다오
찢어진 연이 되어 먼먼 하늘로

내 몸에 꼭 맞는 옷 한 벌
그리고 詩 한편.

Salmon

Leaving fingerprint at every rippling wave
wave ably, Jounery for reminiscences
Wandering wind which leave home come back and
Tumbling struggle around shallow water of NAM DAE
CHEON
Lying reminiscences rise at a time and shout
clang, clang, clang, last sound of a bell
Falls down toward north like a domino

Excluding whale and snake
at cold way-station where I stayed quite a while
A bloody leaf of maple tree fall down and
Cover up all faults.

What do I believe?
Get back to way where we connot return
Now, bosom of eternity.

砂

パク　ハヨン

長い夜を眠れなく
泣き喚く荒波が
図体大きな岩も珊瑚もかわいい貝らも
全部細かく砕いてかけらにし

漁船に乗って行きし一人息子
待ちに待って、吐き出した
母の血の色の祈りが
積もり積って、白く色褪せて

昨日も一日中　暴雨と雷と鳴り響き
蕾に落ちし花の魂
シャリシャリと互いに体揉み合い、
集まって生きる幼き花の墓

背高き男の痛ましい恋が
海辺に飛び散り洗われ洗われて
片片が毎日毎日砕け行く

이 명 우

Lee Myeong Woo

내가 날마다 불을 질러서
까맣게 타버린 어머니의 마음은
하얀 재가 되어 훨훨 날아 다니시더니
이 산 능선에 내려와
백도라지꽃으로 피어 있네요

어머니요 불렀더니
대답 대신에
하얀 웃음만 지으시네요

약 력　　·『시와 시론』으로 등단

　　　　　·시집 『낙엽줍기』, 『산골풍경1』, 『산골풍경2』, 『산골풍경3』

　　　　　·시론집 『이명우의 시창작론』

산골풍경 · 114

아버님이 읊으시던
한시 한편은
풍경소리 위에 앉아
하늘 한 바퀴를 돌아
고향 산하에
흰 눈으로 내립니다

산골풍경 · 121

내 눈동자에 지어 놓은
초가삼간 집 한 채를
전세 내어 살고 있는
여인이 있습니다

추우면 그 여인은
노래하는 봄햇살로 내리고
더우면 그 여인은
찬 바람으로 춤을 춥니다

이제 보니 나도
그 여인의 눈동자에 초가집을 지어놓고
낮이면 그 여인의 눈동자에서 놀고
밤이면 그 여인의 꿈세계에서 삽니다

산골풍경 · 134

보름달 8번지에
모래성 쌓아놓고
산나리로 피어서
웃고 있는 저 여인은

추억의 강가에
그리움을 심어놓고
보름달로 이사 가서
혼자 사는 그 여인

산골풍경 · 200

내가 날마다 불을 질러서
까맣게 타버린 어머니의 마음은
하얀 재가 되어 훨훨 날아 다니시더니
이 산 능선에 내려와
백도라지꽃으로 피어 있네요

어머니요 불렀더니
대답 대신에
하얀 웃음만 지으시네요

갑니다 인사하니
아무 말 없이
향내음을 한 아름 안겨주네요

조각조각 심장을 쪼개 먹여주시던
야삼경에 일어나 * 칠성님께 소원 빌던
어머니는 이 산에 와 새색시가 되었습니다

*칠성님: 천지신명 하느님은 북두칠성에 산다는 우리 민족 고유의 토속신앙

산골풍경 · 220

언제나 날더러
울지말고 웃으라던
보름달 두 눈에
눈물이 뚝뚝 떨어지네요

외동딸이
은하강에 피서 갔다가
물에 빠져 죽어서
우는 거래요

걱정 없고 근심 없는
그런 세상 없다면서
태어나서 처음으로
우는 거래요

Landscape in mountain area

Saying to me always to laugh and not to cry
A full moon sheds tears drop by drop in the eyes

It is said that she cry because her only daughter
Go to summer and drown to death in milky way

Saying that there is no world
where anxiety don't exist,
She cry at he first time after her birth.

山谷風景

イ ミョンウ

私の瞳に築いた
草家三間の家の一棟
借りて住んでいる
女がいます

寒ければその女は
歌う春の光を降り注ぎ
暑ければその女は
冷たい風になって踊ります

今気付いたら私も
その女の瞳に荒ら家を建て
昼間はその女の瞳の中で遊び
夜はその女の夢の世界で暮しています

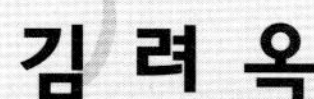

김 려 옥

Kim Ryo Ok

간절하게 바라는 것이 있다면
내 꿈이자 희망인 착각에서 깨어나지 않기를 바라고 있다

그 무엇이 이 착각보다 나의 힘이 되는 것은 없었다
환상보다 더 큰 힘이 착각이 아니겠는가

마치 내가 아니면 안 되는 것처럼
착각 착각 착각 그리고 있다

약 력　　· 중앙대학교대학원 예술학 전공

· 『시와 의식』으로 등단

· 한국문인협회 회원, 홍천문인협회 회원

· 한국학술제작권협회 이사, 국제문화예술협회 이사

· 『한국 인사 실록』수록, 『한국 현대시인 사전』수록

· 허난설헌문학상 수상, 열린문학상 수상, 국제문화예술상 수상

· 시집 『흐르는 강물을 잡고』, 『바다를 당기며』

· 『선유산방』, 시나리오 『쌍다리가 떴다』, 『또 하나 또』

· 극본 『진행중』, 『소리와 끈, 그리고...』외 다수

나를 자르는 칼

공단이 곱네 양단이 곱네
아무리 고아야 말단처럼 고운 단은 없다 한다

말 잘하고 뺨 맞는 일은 없다
그럼에도 나는 고운 말을 하지 못한다

말 잣대를 가지고 사람을 재고 있다
자기만큼 재고 자기만큼 인생을 살아 갈 것인데
걸리고 걸려서 내 스스로를 자르고 있다

말은 말을 낳고 그 말에 걸려 파멸시키는
기준의 잣대는 아무리 잘라내도 남아있다
멈춰질 그날은 고갯마루에서 나를 기다리고 있을까

화려하다

내 꿈은 화려하다
그 누구도 듣지 않는 말들을 나열하고
그 말들을 듣지 않는다고 외쳐 대며
착각에 빠져서 허우적거리고 있다

그러나 이 착각마저 버려 버리면
찾아오는 허무와 황폐 속에 허덕일 내가 무서워진다

간절하게 바라는 것이 있다면
내 꿈이자 희망인 착각에서 깨어나지 않기를 바라고 있다

그 무엇이 이 착각보다 나의 힘이 되는 것은 없었다
환상보다 더 큰 힘이 착각이 아니겠는가

마치 내가 아니면 안 되는 것처럼
착각 착각 착각 그리고 있다

나의 주인은 신발이다

나를 지배하는 신발은 그가 주인이다
단 한 발자욱도 움직이지 못하게 하는
그의 권한을 우리는 잊고 사는   것은 아닌지

어느 집 현관에서
또는 거리에서
역사의 주인
오늘의 주인을 말이다

밑으로 밑으로 내려가는
겸허한 자세를
노자의 사상을 가지고 있는 신발의 역할
멀리 가지 않아도 만날 수 있는
길고 넓은 그의 역할은 절대자의 몫일까
몇 푼의 거래   속에 오가는 인생을 담아내는 신발

시작과 끝을 알고 있는 주인이여

목마름

세월은 나를 밀어냈다
쉬지 않고 밀어냈다
팔딱거린 숨을 움켜쥐고
뭇사람들 틈새에 끼여 목마름을 외치고 있다
하늘에 비는 오지 않아도
비를 기다리는 나의 눈은
갈증으로 가득하고
그 어딘가에 있을 것 같은
그 누군가를 찾아서
머나먼 광야를 해매다
빈 가슴에 횃불을 치켜들고
어둠을 가르는 아침은 멀기만 하는가

매달림

내 발목에 깔려있는 나는
몇 번을 밟아도 살아난다
내가 있는 한 내가 아님을 알면서
나는 나이고 싶어하는 까닭은
언제나 저 만큼 손짓하는
창문 너머 서성임이여

반복되는 일상을 잡고
난간에서 바퀴를 돌리는 길들여진 나여
낡은 냄새가 좋은가
돌아서는 시간 속에 허덕이는 목마름
오르락 거리는 거리를 두리번 거리며
비어있는 소리들을 귓전으로 모으네

Be splendid

My dream is splendid
Arranging the words which nobody listen
Shouting about not listening
I struggle in misapprehension

But if I give up this apprehension
I am scared if I may struggle in vanity and ruin

If there is something which I really desire,
It is that I don't wake from misapprehension which is my
dream and hope

Anything other than this misapprehension can't help me
Misapprehension is more powerful than illusion

I misapprehend, misapprehend, misapprehend
If I am not there, nothing can be done
And I am there.

私の主人は靴だ

キム　リョオク

私を支配する靴は彼が主人だ
ただ一足も動かせない
彼の権限を私たちは忘れたまま生きるのではないか

ある家の玄関で
又は街で
歴史の主人は
今日の主人だ

下へ下へと下りる
謙虚な姿勢を
老子の思想を持っている靴の役目
遠くへ行かなくても会える
長い広い彼の役目は絶対者の分か
幾らかの取引の中に人生を入れておく靴

始まりと終りを知っている主人よ

문은옥
Moon Un Ok

잊으소서, 흔적 없이
꽃들 난분분 흩어지는 그늘 아래 있으면
가슴엔 그 날의 바람만 뜻 없이 왔다 가느니
삼만 배의 절 앞에
낙화분분 삼만 개의 꽃송이들
열반에 이르는 계단, 허무 같은 고행 뒷편에서
언뜻 보았느니

약 력 　·「시문학」으로 등단

　　　　·시집『절망과 눈 맞추지 않기로 한다』

봄날, 열반으로 지다

잊으소서
도무지 기억에 남는 이가 되고 싶지 않으니
지친 봄날, 순식간 벚꽃 지듯이
실수로 가득한 내 부끄러움까지 그대는
잊으소서, 흔적 없이
꽃들 난분분 흩어지는 그늘 아래 있으면
가슴엔 그 날의 바람만 뜻 없이 왔다 가느니
삼만 배의 절 앞에
낙화분분 삼만 개의 꽃송이들
열반에 이르는 계단, 허무 같은 고행 뒷편에서
언뜻 보았느니

한 여름밤의 꿈

한숨으로 흔들리는 별 총총 별도 흔들리고 취한 김노인도 흔들린다 그년 정말 기분 더럽네 줄담배 씹어대는 생이 떨린다 꽁초를 던지자 미처 꺼지지 못한 한점 사랑이 직선으로 나무등걸에 꽂혀 떨어진다 온통 눈물이었던 그 여자 등에 꽂히다 떨어진 사랑 늙은 그 여자는 돈을 빌린 후 행방불명이다 그 여자의 사랑은 처음부터 행불이었다 병신같은 새끼 자신에 대한 모멸감으로 바라보는 별이 총총 김노인의 인생은 한 번도 총총 빛나지 않았다 사는 게 속고 속고 속이는 것이라 속은 인생을 위로 해주던 담배에 속아 끝내는 폐암이 되었다

삶이란 살아낼 수록 흐드러지게 엄숙하다 총총(悤悤)

술 15

　　맑은 정신으로 그대 훔쳐보는 일이 하루 일과인지라 제 몫의 행복에 대해서는 아무 것도 아는 게 없습니다. 투명한 유리로 만들어져 내리 칠 수도 없는 가슴 들킬세라 비스듬히 비켜 가는 날도 있습니다. 취해 보라는, 알콜 농도 몇인지 모를 그대의 뜻 거역하고서 몇 겹의 세월로 단단히 다짐해 두었던 문고리를 소리 없이 비틀면 나 여기 있다, 삐걱대는 소리가 뼈 마디마다 자라난 외로움과 부딪치며 어둠을 만들어냅니다. 어둠에서 넘어지지 않게, 나의 더딘 세월 어서 지나가시라 부지런히 불 밝혀 보내주다 문득 쓸쓸해지는 날 있습니다. 당신이 어떻게 살든 알바 아니라면서 자꾸만 그대 훔쳐보는 이율배반인 내가 갈수록 두려워지기 때문입니다.

이런 사랑, 노숙자 같은

　세월아 가라, 가라 아니면 내 말을 들어 보라. 나에게 시간은 행려병자 같으니. 미치지 않아 미쳐버릴 것 같은 내 사랑, 내 판단은 항상 빗나갔다. 갈수록 심심해서 고통스러운 내 사랑. 열차 지나는 소리엔 어릴 적 눈썰매 타던 소리도 들려 이곳을 차마 버릴 수 없거늘. 서울역 오가는 무수한 발길 속에 개처럼 채여도 이보다 편안한 곳이 이승 어디 있더냐. 세월아, 세월아 너를 거꾸로 쏟아 마시면 일년 삼백육십오일 허기진 취기가 내 위장, 늑골 사이에서 긴-긴 겨울밤으로 웅크리고 있다. 너보다 더 든든했던 신문지 몇 장으로 내 혼을 덮고 잠들려 하니 결코 건드리지 마라, 내 사랑. 한 평생 괴롭혔던 눈물도 영원히 접어두려 하느니.

백년의 사랑

할머니 머리칼 희끗해진 손자가 왔어요 늘상 제 상처를 가져
가시던 할머니 오늘은 숨죽여 덮친 잡풀들 죄다 뽑아 드릴게
요 어릴적 사방 흔들리는 치통을 뽑아주신 할머니 아귀 같은
삶에 제가 흔들려요

봉분 사이 부서져 내리는 흙이 관절염이 한숨이 보여요 다독
여도 뼈마디 마디 부서져 내리는 할머니 제가 발로 꾹꾹 밟
을게요 이쁜 내 새끼 이리 쑤시니 비가 올래나 니가 오니 삭
정이까지 시원허구나 움찔 움찔 부활하고 싶은 할머니 등을
봉분을 밟아가는 손자의 눈에 먹구름이 몰려와 내일부턴

파도가 높겠다

Spring, closed in nirvana

Please forget
I really don't want to be a person who remain in memory
On a tired spring day, as cherry blossoms are gone
instantly,
Please forget without a trace my shyness which are full
of mistake
Under shadow where flowers are scattered in disorder
Wind of the day come and go to my heart without
intention
During 30 thousand's bow
There are 30 thousand's blossom, dropping in disorder
Stairs leading to nirvana,
I see in the blink of an eye behind vain penance

春の日、涅槃に散る

ムン　ウンオク

忘れなさい
どうしても記憶に残るような
人にはなりたくないから
疲れた春の日、瞬間に桜が散るように
過ちでいっぱいなる我が恥まであなたは
忘れてください跡方もなく
花が乱れ散る下にいたら
胸にはその日の風だけが意味もなく
吹いてきては過ぎ去っていく
参拝三万の祈りの前に
乱れ散る三万個の花房が涅槃への階段、
虚無のような苦行の後に
ふと見えたから

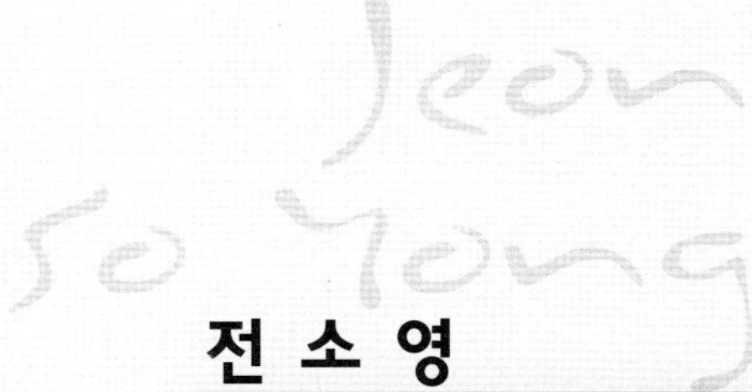

전 소 영

Jeon So Yong

느리게 달려가도 오래된 역사 앞에서 기다려 주는
언제나 다정한 바위섬처럼
푸르른 가슴으로 다가오는 그 사람.

바다가 보이는 마을마다 조개껍질 같은 추억 하나씩 내려놓고
밤새워 떠나가도 아무도 모를
해안선 따라가며 긴 사연을 쓰고 싶다.

약 력　·충북 충주생

·건국대학교 문리과대학 졸업

·박목월 시인님에게서 현대시 감상법 배움

·'92년 2월 『문예사조』 신인상 등단

·바라시동인 회장 역임

·서정시동인 부회장 역임

·인천 CNN국제어학원 원장

별이 내리는 길

굽은 길 돌아 느린 걸음으로 걸으면
저문 숲 길 흔들리는 잎잎 그림자 밟으며
흐린 하늘열고 별이 내리지.

어느덧 저녁 해가 서쪽으로 기울면
당신이 어둠속에서 여는 빛의 길
그 길을 난 무작정 걸어가는 늦은 길손.

그대에게 가는 길은
몇 번이고 물어가는 멀고 먼 여정
풀밭에 내리던 비 그치면
비에 젖은 산야의 와지에 별이 내리지.

낮달처럼 낮달처럼 그대와 함께 가늘 길
가슴 속에 별 하나 안아 내리며
언제나 따스하게 걸어가는 길.

몸뚱이

빛나는 건 모두 몸뚱이 하나를 태운다
시린 세상의 한 편에서
난로에 톱밥 한 줌 집어넣듯
누구나 선뜻 제 몸 하나 던져 넣기는 쉽지 않다

억 겹의 어둠을 밀어내어 꽃잎 한 장 연다
들꽃 하나 무심코 꺾지 마라
어둠의 한 가운데로 선뜻 제 몸뚱이 던져
맑은 꽃 한 송이 피우기는 쉽지 않다

그러면서

바다를 그리워하는 산들은
늘 바다를 내려다보면서도
물결 일렁이는 바다가 되는 꿈을 꾼다.

산을 그리워하는 하늘은
늘 산을 내려다보면서도
비안개 머무는 산이 되는 꿈을 꾼다.

나무를 그리워하는 새들은
늘 나무를 내려다보면서도
흔들리는 가지에 앉은 새의 꿈을 꾼다.

그러던 어느 날
바다는 바다끼리
하늘은 하늘끼리 부서진다.
새들은 새끼리
나무는 나무끼리 부서진다.

그러면서 꿈에 젖었던 행복은
바람에 천천히 말라간다.

바닷가 간이역

눈을 감아도 네가 그리워지는 날이 있다
그런 날이면

느리게 느리게 가는 완행열차를 타고
바닷가 간이역으로 가고 싶다.

돌아오지 못 할 그 사람 못내 그리워지면
푸른 물감이 들도록 손을 흔들며
긴 선로의 밤을 싣고 가는 유리창에
사랑하는 이름을 그려 넣고 싶다.

느리게 달려가도 오래된 역사 앞에서 기다려 주는
언제나 다정한 바위섬처럼
푸르른 가슴으로 다가오는 그 사람.

바다가 보이는 마을마다 조개껍질 같은 추억 하나씩 내려놓고
밤새워 떠나가도 아무도 모를
해안선 따라가며 긴 사연을 쓰고 싶다.

구봉도

선착장에서 십리 포 돌아오는 기별을 기다리네.
언제부터인가 멀리 간 그대 기다리네.
때로는 오이도의 불빛만 쳐다보다가
온밤을 새까맣게 그을리기도 했지.
바닷가 늙은 소나무처럼 언제나 뿌리 뽑아 들고 서성이네.
아무도 없는 밤이면 개펄로 걸어 나가
개흙에 고인 달빛만 함지박 가득 캐어 담네,
걸어도 걸어도 그대 곁에 닿지 않는 섬
섬 자락에 흐릿하게 남아 있는 발자국 찾아 가며
삼십 리 방조제 따라 나는 걷네.
빈 국수그릇 같은 마음 들고 혼자 걸어가는
길은 국수 올보다 더 길게 늘어지네.
바지락 칼국수 한 그릇으로 채울 수 없는 빈자리
선착장처럼 내 곁에서 자리 하나 지켜온 그 사람
선술집에 들러 억새 꽃 같은 웃음 피우며
구봉도 달빛에 사랑 하나 젖네.

Way-station beside sea

전소영 · JeonSoYong _ 67

There are somedays to long for you though I shut my
eyes,
And that time

I want to go way-station beside sea
taking a slowly slowly running train

When I really long for him who cannot return to me
I want to write your lovely name on the window
going together with the night of long railroad

Though I run slowly, waiting front of old station
like intimate rock island at any time
It is you that approach to me with blue heart

At a every village where you can see a sea
putting down reminiscence like clamshell
I want to write a long story following shoreline
where nobody know departing all night.

体

チョン ソヨン

輝くものはすべて体の一つを燃やす
冷たい世界の一ところで
暖炉に一握りの鋸屑を入れるがごとく
誰もが気軽に自分の体を一つ投げ入れるのは容易くない

億劫の闇を裂きながら一枚の花びらを開く
野の花と一本の木でも気軽に折るな
誰もが然り気無く自分の体を一つ燃やして
透明な一本の花を咲かせるには容易くない

임 금 재

Im Gum Jae

어서 가라고
모두 잊으라고

모두 두고 떠나라지만
서두르지 못하는
뒷모습

그리고
노을 지는 바닷가에
남겨진
빈 잔 하나.

약 력   ·『문예한국』으로 등단
         ·수필집 『박새와의 만남』

가을이면

가을이면
시린 가슴 가득
바람의 노래를 안고
어둠이 내린 창에
촛불을 켜는 까닭은

목마를 타고
오지 못할 길을 가버린 사랑이
젖은 바람으로
오기 때문입니다

스산한 바람은
파문 이는 낙엽을 적시고
그저 떠납니다

세월의 무게가 더할수록
가슴은 그만큼 가벼워져
미풍에도 흐느끼는
문풍지가 되었습니다

가버린 목마는
다시 오지 않으면서

촛불을 쳐든 채
하얀 밤을 지키게 합니다

산비둘기 우는 날
- 남한산성에서

산 빛이 녹아내리는
영 넘어 큰 골
산비둘기 구구구
피울음을 토할 때면

유년의 하얀 그리움이
긴 그림자로 자란다

산비둘기 우는 봄날
물동이 이고
사립문 나서시던 어머니

아이들 웃음소리처럼
앵두꽃잎 흩어져
꽃비로 흩어져
꽃비로 내렸지

비둘기 그 가슴은
어머니 사랑
파고드는 메아리는
어머니 노래
산길 거닐다 멈춘

그렁한 시선
새털구름 한가로운
먼 하늘에 머무네.

바람부는 날엔 산으로 가다

바람 불어
따스한 가슴 그리울 땐
산으로 간다

가만히 품을 뿐
이유를 묻지 않는 산

산에는 소리가 있다

설핏한 햇살 눈짓에
몸 터지는 얼음 비명
피돌기 시작한 나무, 순 틔우는 소리
까치도
구애작전 개시중이란다

산새들
햇살 찍어 봄을 나르고
진달래 헤픈 미소에
구름 머무는 산허리

산에 나를 내려두고
작은 산
산을 나선다.

그날 그때는 가고

해운대 바닷가
차 한 잔 앞에 놓고
수평선에 묶인 시선

언제였던가.

부딪치던 잔속에
노을을 담아
두 눈으로 사랑을 마시던
그날이 스치는데...

숨 고르는 바다에서
땅거미가
썰물질을 한다

어서 가라고
모두 잊으라고

모두 두고 떠나라지만
서두르지 못하는
뒷모습

그리고
노을 지는 바닷가에
남겨진
빈 잔 하나.

꿈길

- 하늘나라 아들에게

다시는 예전처럼 만날 수 없어
그래도 차마 잊을 수 없어
꿈길로 가지만 잡을 수 없는 손

허공만 젓네

다시는
꿈꾸지 않으려
외로운 밤 뒤척이다
살포시 잠들면
생전의 모습으로 들어서는 너

환희 웃으며 두 손을 잡네

다시는
잡은 손 놓지 않으려
온 몸을 사려도
싸늘한 방바닥엔
시린 빈 손

시린 손보다
더 시린

빈 가슴 채우는 건

하얗게 샌 밤뿐이네

Going to mountain when wind blows

Due to blowing wind
when I miss warm-heart
I go to mountain

Silently embracing but
mountain doesn't ask why

There is a sound in mountain

By gauze-like sunshine's wink
Scream of Ice which is broken in pieces
Tree under circulating the blood, sound of sprout
Even magpie
starts to wooing

Mountain birds,
Peck sunshine and carry spring,
With gay smile of azalea
Cloud anchors at mountain side

Leave myself at mountain
Small mountain
I come out from mountain

山鳩

イム　グムゼ

山の色合いが蕩ける
峰の向かうの山里
山鳩がぐぐぐ
血を吐くがごとく泣く時は

幼き日の白い恋しさは
長い影をはぐくむ

山鳩が泣く春の日
水カメを頭に載せて
柵を潜った母

子供の笑い声のように
梅桃の花が散らばり
花の雨になった

山鳩のその胸は
母の愛
心に染み入る山彦は
母の歌
山を歩いて立ち止まり
涙ぐむ視線は
巻き雲のどかな
遠くの空を漂う

임 규 택

Im Gyu Taek

지우지 못한 날들은 그득하다

뒤돌아 가지 않으려
서리꽃 피우고 싶은
터울거리는 여정

새로이 다가서는 모습들은
영롱하여 짧기만 하니
채워지는 것들은 아름답기만 하다.

약 력　·『한국작가』로 등단

　　　　·시집『빨간 우체통』

고향이 보이는 창

유년을 싣고
가물거리는 너울
걸음걸이 터분하다 *

겨울비
오롯이 젖는 솔숲
탯줄 물고 앉은
곤줄박이

턱을 괴이면
향수에 머뭇거리던
바람이 일어서고

하얀 목소리
피고개를 넘었던
육남매

덤불 속에 가려진
지움의 허락
창가엔
고향이 얼어붙는다.

*터분하다: 마음이 시원하게 맑지 아니하고 답답하다.

잃어버린 머플러

함박눈 오시는 날
들길에 서면
가을이 다녀간
느티나무 밑은
잊었던 물상들이 모인다는 소문

얼마를 기다리면
눌어붙은 모습들이
아는 채 할까

젊음이 세 들었던 동안
드난살이
청계천에서 잃어버린
머플러도 찾을 수 있을까

감싸고 있었던
목덜미의 따사로움은 돈연한데

허공에 걸렸던 마음
솔솔바람에
자리를 바꾸는 구름이 된다.

세월 속에 들다

노을 속에 숨겨둔 약속

나무에 걸린
아이의 연이 되어
앙상한 댓가지만 남아도

바람의 손을 잡고
나붓거리니

지우지 못한 날들은 그늑하다

뒤돌아 가지 않으려
서리꽃 피우고 싶은
터울거리는* 여정

새로이 다가서는 모습들은
영롱하여 짧기만 하니
채워지는 것들은 아름답기만 하다.

* 목적을 이루려고 애를 몹시 쓰다.

지우지 못한 미소
- 바다. 1

흔들며 부서지는 소태가슴
술렁거리는 얼굴
묻혀있던 그리움이 솟아나고
울며온 거품들은
하나씩 별들을 끌어 내린다

속수무책

귓전에는
소금 익는 비린내만
쉼 없이 타닥거리고

돌아 갈길 부끄러운
쪼개진 기억들이
멀미로 손을 저어니

기울면서
더 밝은 달빛의 아득함은
새벽이 지워가는 것들을
안개로 덮어 놓고 가네.

부부. 1

내가
숨을
곳

당신을
숨겨줄
곳

들키지 않아서
좋은
곳.

Smile which don't be eraszed
– seal

Shaking and breaking salty heart
Disturbing face
Buried longing is gushing out
Weeping bubbles
drag down the stars one by one

Helplessness

At ears
Salty fishy smell endlessly beat pat-pat

Shy to return
scattered memories
Stir hand in nausea

Tilting
vagueness of more bright moonlight
cover with fog something which is erased by dawn
and go away

失われたマフラー

イム　ギュテク

牡丹雪の降る日
野に立てば
秋が過ぎた
欅の下は
忘れられた物象が集まるという噂

どのくらい待てば
焼き付いた姿が
知っているふりをするだろう

若さが間借りした間
間借りの暮らしの時
清渓川で失われた
マフラーも探すことが出来るだろうか

巻いていた
首筋の温かさははっきりしていたのに

虚空に吊られた心
そよぐ風に
いところを変える雲になる

김하리
조동권
김영자
심종숙
박병선
허열

바라시 동인지

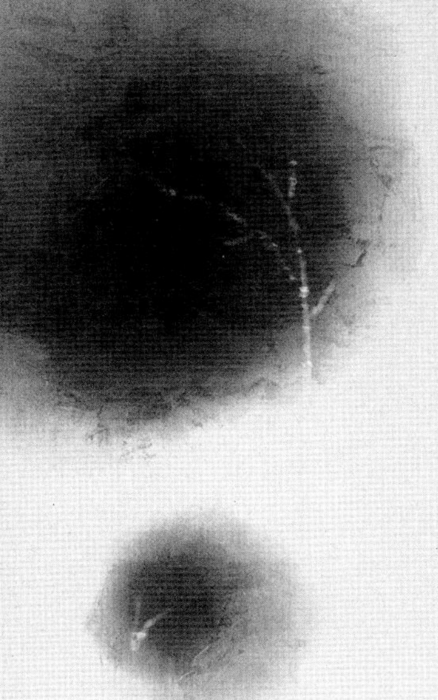

김 하 리

Kim Ha Lee

빈 가슴 칠 때 마다
억 겁의 하늘이 자라고
억 겁의 땅이 자란다, 하여
마른 울음 숨죽여 울다보면
무심의 바다에 다다른다
채 눈 뜨지 못한 목숨들, 더는
아프다아프다 울지 않는다

약 력 · 한국문인협회 회원

· 한국음악저작권협회 회원

· 대표시집 : 『사랑탈출』외 9권 공저 다수

· 대표수필집 : 『푼수가 그리운 시대』외 공저 다수

· 대표시낭송CD : 〈김하리 소리시집〉외 19장 외 공저 다수

· 대표노랫말 : 〈어머니 아리랑〉, 〈애수〉등 70여편

· 현재 : 한국문화예술사회교육원 시치유 교수

· 시정신문 논설위원 〈매주 연재〉

· 하리온 뮤직 대표

아이스와인을 마시며

바람 깊다, 입술 맞대는 순간
피어나는 꽃 되다, 불꽃 되다
목구멍까지 차오르다
설피 살걸음으로 오는 걸음
부풀어 터지는 붉은 선혈들, 살 안에서
불꽃 되다, 별빛 되다
하마터면 울음 터트릴 뻔 했다, 하
저리도 몹쓸 달콤함.

바람 짙다, 환한 햇빛
시린 가슴 녹인다, 하염없이
물드는 노을 빛, 하늘 아래 잠들다
열리는 하늘 아래 총총 별빛 되는
밤, 이미 우리는
꽃이 되었다
나비 되었다, 바람은 바다 된다
깊고 푸르다, 출렁인다, 아
너무나도 아득한 꿈, 온 몸 물들인다

무상無想 중에 두고 온 사랑
물가에 드리우면 달빛마저 차오른
선명한 꽃이거나 얼음이거나

참
달콤하고 감미로운 붉은
꽃잎, 꽃잎
꽃이거나 얼음이거나

별 이야기

소주도 꽁꽁
김치도 꽁꽁
콜라도 꽁꽁, 나무 탁자 위
그릇들 죄다 꽁꽁, 강원도 춘천
겨울밤은 왜 그리도
더 꽁꽁한지 몰라
장승들이 가장 많이 살고 있는
장승박물관 마당에 장승들은
아무렇지도 않은 듯 웃고만 있고.

언제부턴가
이 세상의 별들이 실종된 줄만 알았다
피어오르는 모닥불에서 툭툭 터지는
불꽃들이 하늘 위로 올라가
별이 되었다며 눈이 동그란 사내아이가
손가락으로 밤하늘 별을 보여주었다, 아
땅만 바라보며 살아 왔구나, 우리는
꽁꽁 얼지 않은 반짝 반짝거리는 별별

죄다 꽁꽁 얼어가는 밤
아름다운 부부가 기타 치며 부르는
노래, 밤이 익어갈수록 사람들 가슴은

모닥불처럼 활활 타오르고, 우리는
그 날 밤
모두 별이 되었습니다

상사화

사랑아
한 번도 만난 적 없고
느껴보지도 못했지만
그리움으로 잎 열면
대궁 속 깊이깊이
비가 차오른다
하냥 길어진 목
기다리다 지쳐
아, 미처 꽃 피우기도 전에
피어 오른 잎 사이로
사랑은 사위고
그냥 먼발치서
지켜보는 사랑아
짝사랑도 사랑이려니
한 여름 여섯 꽃잎
활짝 피걸랑
내 입술이며
내 가슴인 줄 알아주어요
다시 비오고 꽃잎 떨어지걸랑
내 눈물이며 내 몸인 줄 알아주어요

목어

살과 피 저며 내어
허공중에 다 내어주고 속내
비운 저 눈빛 봐라, 무심한.
비늘 다 떨어진 몽상중의 몸.
무상 중에 피고 지는 연꽃

빈 가슴 칠 때 마다
억 겁의 하늘이 자라고
억 겁의 땅이 자란다, 하여
마른 울음 숨죽여 울다보면
무심의 바다에 다다른다
채 눈 뜨지 못한 목숨들, 더는
아프다아프다 울지 않는다
뼈 시린 가슴 사이, 틔워 낸
살과 피, 마구 흔들면
온 몸 젖도록 내리는 꽃비

내가 내 안을 들여다본다
무심한 하늘의 바다

솟대

얼마나 컸길래
얼마나 간절했길래
꿈 먼저 달려왔을까.
하늘 끝, 뻗은 눈빛만으로도
아, 그 그리움
너무나 크네요

오늘
한 잎의 꽃이 집니다
환하게 빛나던 햇빛 뜨겁게 집니다
퍼내어도 퍼내어도
마르지 않네요, 그리워 그리워서
하늘가에 가뭇 피어나는 눈빛.
온 몸으로 피어납니다

하늘 너머 보일까
강물처럼 출렁일까

아
깊어 질대로 깊어졌네요
기다리다 기다리다, 오늘
한 잎의 꽃잎으로 집니다

환한 햇빛 속으로 집니다
달빛 속으로 뜨겁게 집니다

이제는 알 것 같아요
무상無常 중에 피고 지는 그 사랑을.

Drinking ice wine

wind is deep, when lips meet,
It becomes a opening blossom,
becomes a flame,
becomes full to the throat.
A careful step in snow shoes
Blood swelling and bursting
in the flesh
becomes a flame , becomes a starlight.
Almost burst in tears
oh! so bad sweetness

wind is deep,bright sunshine
melt cold heart, endlessly
dying color of glow of sunset,
sleep under sky.
Under opening sky, night becomes a starlight,starlight
We already become a flowers,
become butterflies, wind become the sea
It is deep and blue, ripples oh!
too far away dream, full body be dyed

If love which is left in no thinking

approach to waterside, even moonlight become full
Either clear flower or ice
Really
sweet, delicious and red
petal, petal
Either flower or ice

木魚

キム ハリ

肉と血をそぎとり
虚空に飛ばして
心を虚にしたあの目色を見よ
無心な
鱗を全部落した夢想中の身
無常の中に咲き散る蓮の花

空の胸ただく度ごとに
億劫の空が拡がり
億劫の地が拡がる
そして乾いた泣き声秘して泣けば
無心の海に行き着く
又目をさまさなき生命は
もう痛い痛いと泣きはせぬ

冷たい胸の中で探した
肉と血揺さぶれば
全身に濡れ沁みる花の雨

自分が自分の中を透かし見る
無心なる空の海

조 동 권

Joe Dong Kweon

시작부터 고달프고
여정도 고달프며
죽기 또한 힘든 게
그건데

일 때에 젖어 돌아온 저녁
함박웃음 날리며 안기는 어린 딸
반도 못 살고 사직서를 낸
친구의 주검

삶이란
이런 것인데
이러다
마 · 는 · 것 · 인 · 데

약 력 · 충남 홍성 출생

· 『문학공간』으로 시 등단

· 『나래시조』신인상 시조 등단

· 농민신문사 전문지부 기자

삶이란

밤새 앓는 딸애의 모습이
삶의 고뇌를 일깨운다
출근길 앞서 출근하는 영구차 행렬이
굳어진 마음에 돌을 얹는다.

시작부터 고달프고
여정도 고달프며
죽기 또한 힘든 게
그건데

일 때에 젖어 돌아온 저녁
함박웃음 날리며 안기는 어린 딸
반도 못 살고 사직서를 낸
친구의 주검

삶이란
이런 것인데
이러다
마 · 는 · 것 · 인 · 데

태엽시계

아버지는 날마다 시계 밥 주고
엇나간 시간들은 수시로 고쳐가며 사셨다
나는 10년이 지나도 1초도 안 틀리는 전자시계를 차고
그 시간에 삶을 동여매고 산다

고장덩어리 아버지 태엽시계는
작은 충격에도 서고, 술 드시느라 밥 안줘도 서고
날짜 바꿀 때도 섰다
하루 5분 정도는 유사*만 조절하면 시간이 왔다 갔다 했다

이놈의 전자시계는 팽개쳐도 간다
날마다 밥 안줘도 가고 시간을 조절할 수 있는 유사도 없다
나도 아버지 되어보니 태엽시계가 그립다
틀린 시간 고쳐가며 살고 싶고
단 몇 분이라도 오락가락하고 싶다

감으면 가고, 풀면 멈추는
내 아버지 시계처럼

* 유사 : 작은 시계의 초침을 움직이게 하는, 나선 모양의 가느다란 부속품

그대 떠나고 없다면

맨날 마른 가슴만 서걱 이겠지
울음이 샐까 숨어 술만 푸겠지
혼자라면, 그대 떠나고 없다면

세탁기 작동법 딸에게 배우며
계기판에 눈물 꾹꾹 찍겠지
철지난 찬밥 시어터진 김치 냄비에 넣고
그리움 푹푹 끓여대겠지

퇴근길엔 눈발로 천지사방 떠돌겠지
집에 와도 현관에서 자꾸 망설이겠지
밖보다 더 싸늘한 방안을 떠올리며
깊은 숨 뜨겁게 피워 물겠지

사랑한 것인지, 사랑하려 한 것인지
결론 없이 살아온 날들 되짚으며
빈산 끌어다 맨살에 비벼대겠지
잊은 기억 바람결에 접었다 폈다 하겠지.

혼자라면, 그대 떠나고 없다면

꿈

나는 가끔 꿈을 꾼다
꿈의 절반은 고향집이다
마당가 복사꽃, 돌담 밑 채송화
한 마장 더 가면
파란 우물물, 우물물 넘쳐 실개천
실개천 이어진 빨래터 그 위에 오롯한
어머니
봄빛 닮은 나의 어머니

나는 가끔 잠을 잔다
잠은 순전히 꿈꾸기 위해서다
복사꽃 진자리 복숭아떼, 실개천 오가는
가재들
된장국 뛰어든 봄식구
그 봄 먹고 자라
나 여기
너 거기

나는 가끔 꿈을 꾼다
꿈의 절반은 추억이다

그대는 흐르고 나는 서 있고
- 징검다리

점점이 떠 있는 섬을 오가며
흐르는 물만 근심하는 그대
얼마를 건너야 한번 돌아볼까
얼마를 기다려야 내게 돌아올까

기약은
날마다 강물 깊이만큼 가라앉고
세월은
물결 따라 속절없이 흐르는데

건너도 건너지 못하는
우리의 사랑…

바다에 닿아야 잠드는 강물처럼
건너야 할 사람 다 건너고
흘러갈 사랑 다 흘러야 돌아올
이별 슬픈 그대

마른 길 건너며
나인 줄 몰라도
물이 깊을수록 몸이 닳아갈수록
행복 슬픈 나

그대는 흐르고
나는 서 있고

Dream

Occasionally I dream a dream
The half of dream is about house at hometown
A peach blossom beside garden, a rose moss under rock
fence
Little distance away
Blue color water in the well, overflowing and making a
ditch
A ditch lead to laundry place, and variegated mother's
image on that scene
My mother is the very image of spring scene

Occasionally I sleep
The pure object to sleep is to have a dream
After peach blossoms are gone, so many peachs exist
moving crawfishs in the ditch
Spring family jump into bean-paste soup
Eat that and grow
I am hear
You are there

Occasionally I dream a dream
The half of dream is reminiscence

ネジ巻き時計

ジョ　ドンゴン

父は毎日時計の糧なるネジを廻し
すれ違った時間を随時に修正しながら生きた
私は十年が過ぎても一秒も間違っていない
デジタル時計をはめて
その時間に生を縛られて生きている

故障のかたまりの父のネジ巻き時計は
小さな衝撃にも止まり
酒を飲む間にも巻き忘れて止まり
日づけを変える時にも止まった
一日の五分程はバネの調節により
時間は早くも遅くもできた

こいつのデジタル時計は放り出しても進む
毎日ごとに巻き返さなくても進むし
時間を調節するバネもない
私も父になってこそネジ巻き時計が
恋しい
間違っている時間修理しながら生きたいし
ただ何分でも進んだり止まったりしたい

巻けば進み、解けば止まる
私の父の時計のように

바라시 동인지

김 영 자

Kim Yong Za

그때 그 청춘 찾아가고 싶어요
오래전에 유효기간이 끝났어 찾아가지 않아 내가 가졌어
나는 젊음만 저당 잡았거든 영원히 늙지 않는 역전전당포
내 젊음 다시는 찾지 못하네
내상 깊은 스무 살 청춘은 간 곳이 없네
세월이 흘러도 변하지 않는 역전전당포 전당포만 남아있네.

약 력　　· 고려대학교 인문정보대학원 문학예술학과 졸업

· 국제펜클럽 한국본부회원

· 한국문인협회원, 경기시인협회원

· 평택시민예술대학 문예창작과 강사

· 2001년 경기도 문학상 본상 수상(詩 부문)

· 시집 『문은 조금 열려 있다』, 『아름다움과 화해를 하다』

· 논문 『황동규 시에서의 사랑의 의미변화 연구』

역전전당포

스무 살의 나, 젊음이 너무 뜨거워 역전전당포로 찾아 갔네
날마다 불덩이가 몸속에서 치솟아 올랐네
아무도 내가 화상 입는 것을 모르고 있어요
공부도 못하던 것들 대학 가서 미팅한다고
나비처럼 날아다닐 때
혼자 앓고 있는 스무 살 저당 잡어 주실래요
나이가 너무 무거워 청춘이 너무 어두워 견딜 수가 없어요
한참 뜸 들이던 전당포 영감은 돋보기를 꺼내들고
스무 살 내 몸 구석구석을 살펴보았네
값어치는 얼마 안 되지만 맡겨 놓고 가봐 언제 찾아 갈 건데
내 스무 살 전당포에 맡겨졌네 젊음이 저당 잡혔네
전당포를 나선 나는 이십대의 오십대 아줌마의
전선으로 기차를 타고 떠나었네
삼십대의 칠십대 할머니처럼
죽음과 마주하며 이승 저승을 여행하고 있었네
마흔을 넘기고서야 역전전당포로 가는 기차를 탔네
역전전당포에는 돋보기로 내 나이를 살펴보던
영감대신 청년이 앉아있네 할아버지 어디 가셨지요
무슨 소리야 내가 수십 년 여기 지키고 있었어
맡겨놓은 내 스무 살 찾으러 왔어요
그때 그 청춘 찾아가고 싶어요
오래전에 유효기간이 끝났어 찾아가지 않아 내가 가졌어

나는 젊음만 저당 잡았거든 영원히 늙지 않는 역전전당포
내 젊음 다시는 찾지 못하네
내상 깊은 스무 살 청춘은 간 곳이 없네
세월이 흘러도 변하지 않는 역전전당포 전당포만 남아있네.

7080 뮤직박스

그때 음악들이 나를 꼭꼭 골방에 가두어 놓았지
뛰쳐나가지 못하도록
스모키로 비틀즈로 잠궈 놓았지
온 몸을 배배 꼬고 고개를 흔들게 했지
단발머리를 고래고래 불러재꼈어
뮤즈박스 속의 나에게 환호성을 질러대던
삼삼한 그녀들을 잊을 수가 없지 그 시절
째지라 온 몸이 짜릿해 지는 걸 나도 어쩔 수가 없었지
세기말을 넘겨서도 박스 안에서 나는 한 발짝도 움직일 수가
없었어
달콤하고 허스키한 목소리로 심장을 두들겨대던 목소리들
동굴 속에서 혼미하게 소리질러대는
나를 혼자 둘 수가 없는 거야
간혹 시계 속에 모래가 남아서
고양이 같이 스며드는 모래알들에게 나는 미친 듯이 노래를
불러주지
이 골방은 늙지 않으려는 자들의 천국이지
그대도 나와 함께 생활하지 않겠나
창문을 꼭꼭 닫아놓고 하루 종일 함께
온 몸을 흔들어 대는 거야
단발머리 그년들이 또 깍깍 소리를 질러대네
늙은 몸 이건 비밀인데 귀 좀 대보게

시끄러운 소리 스모키가 주름살들을 늘어뜨리네
이 골방은 7080 젊음이 박제된 영혼의 성이라네

철쭉꽃 바다에 뛰어들다

산등성이를 타고 초록이 녹아 내린다
발이 미끄러지고 출렁 흔들리는 아랫도리,
진분홍 꽃빛 번진다 향기가 아득하게 닿는 곳
오월이 들어서는 능선 길 따라
푸르게 번졌다가 선홍빛으로 질주해 오는 물결
위에 떠다니는 그녀 몸이 꽃바람에 열린다
그대는 야생의 작은 짐승같이
꼭꼭 숨었다가 햇살을 따라 순록을 깔아놓고
산 밑까지 내달린다
때로는 바람에 밀봉되어 향기가 코끝을 스치어도
그대는 묵묵부답이다
떠다니는 구름들이 자꾸 꽃대를 흔들자
그대는 어느새 산 위로 숨차게 뛰어 올라와
온통 불덩이로 달구어지는 몸
어쩔 줄 모르다가 온 천지 산등성이에
뒤엉키고 있다

1호실 남자 4호실 여자

부음소식을 듣자마자 칼바람같이 부산으로
달려갔다 지하도를 건너 장례식장에 도착하니
그 말고도 몇 채 육신의 집들 칸칸하다
몇 호실에서 그를 찾아야 하는 걸까
이승을 건너려고 안내대에 늘어선 사진들을 둘러본다
쭈글한 사진들 속에 눈을 뎅그러니 뜨고 있는 4호실 여자
얼굴에 표정 하나 없이 세상 숨을 다 삼키고 있다
그 문간에 어린아이들이 놀고 있다
컴컴한 복도를 지나 1호실에 들어서니
온통 주름투성이의 허름한 집
상주는 웃음을 문상객들 몰래
가볍게 들어 천상의 집에 올려놓는다
1호실 그 남자
하늘의 집에 지금쯤 도착 하셨는가
아버지가 한없이 가볍다 연신
조문객 소매를 붙들고 웃는 상주를 지나
깊은 동굴 사막 같은 곳
4호실 여자의 집 앞에 선다
젊은 여자의 몸은 무겁다
파랗게 질린 상주가
무거워진 아내를 천상의 집으로 옮기지 못하고 있다
슬픔이 집 가득 배어들고 있다

가시연꽃

날마다 어둠을 뚫는 그녀를 말리느라
홀어머니 방패 같은 손등은 상처투성이다
이웃집 처녀들 분홍빛 브라우스를 입고
푸른 들판을 나폴거릴 때
그녀 홀로 깊은 늪 속에서 외친다
엄마 집을 벗어나고 싶어요
그럴수록 뿌리는 진흙탕에 점점 더 깊이 박히고
아무도 그녀를 꺼내주지 않는다
아이 징그러워 온 몸이 쭈글쭈글 하네
수런대는 사람 소리에 움찔 놀라는 어머니
음지에서 자라는 딸에게 부지런히 갑옷을 껴입힌다
타인에게 쉽게 마음을 내 보이면 안된다
온 몸으로 가시를 세워야 해
싫어요 정말 싫어요
습기 찬 집구석만 벗어나면
햇빛 찬란한 곳으로 나갈 수 있어요
여름 내내 어머니의 생살을 뚫고
보랏빛 드레스 화사하게
세상 밖으로 튀어 나오는 그녀

Jump into sea of royal azalea blossom

Green color melt along hillside
Feet slide and a half of lower body rolls
Color of crimson flower is spread. the place perfume
reach vaguely
Along hillside at May
Her body which floats upper rushing wave in crimson
color after blue color
is opened by flower wind
You hide deeply like little wild animal and spread pure
green along the sunshine and rush to foot of mountain
Even though perfume which is occasionally sealed by
wind smells at nose, you are silent
Floating wind shift flower stalk over and over again
And then you quickly jump up to mountain peak in no
time,
All heated body like fireball
is entangled in embarrassment all around mountain ridge

駅前の質屋

キム　ヨンザ

二十歳の私、若さが大変熱く駅前の質屋に寄った
日毎に火の塊が体から燃え上がった
だれも私が火傷をしたのを知らないのです
勉強もできなかった者たち大学に行ってミテイーングするとに
蝶のように飛び交う時
一人で悩む二十歳をお預かりくださいますか
年があまり重く、青春があまり暗くて耐えきれません
長く黙っていた質屋の老人は老眼鏡を取り出し
二十歳の我が身の隅々を探っていた
値は安いがお預かりしますからいつ取りに来ますか
私の二十歳は質屋に預けられた若さが抵当にして
質屋を去った私は二十代にして五十代のおばさんに
なって列車に乗って去った
三十代にして七十代のおばあさんのように
死と直面しながらこの世とあの世を旅した
四十を過ぎてから駅前の質屋へ行く列車に乗った
駅前の質屋では老眼鏡で私の年を覗き込んだ
老人の代りに青年が座っていたおじいさんはどこへ
いらしゃったのですか
何のことだ、おれが十数年ここを守ってきた
預っておいた私の二十歳を取りに来ました
あの時のあの青春を取り戻したいです
ずっと前に有効期間が終った、取りに来なかったので

おれのものにした
おれは若さだけを抵当にした、永遠に年を取らない
駅前の質屋
私の若さは二度と取り戻さなかった
内傷の深い二十歳の青春は行くところなく
歳月が過ぎ去っても変らない駅前の質屋
質屋だけ残っていた

바라시 동인지

심 종 숙

Sim Jong Sook

그리움인가 설레임인가 그대 등 가득 푸른 물결 지고 와 한꺼번에 부려놓는 그
리움인가
꽃배 만들어 띄우면 바람결 따라 그대 사는 작은 집에 닿을까 바위에 처얼썩 부
딪쳐 사랑한단 말할까 아니야 타는 가슴 안고 잠수 하겠네 기다림이 등대 되어
서 있는 겨울 바다 칼날 바람 뼈 속 후벼 파는데 내 님은 어디에서 만선으로 돌아
오는가

약 력　　· 한국외국어대학교대학원 비교문학과 박사과정 졸업

· 박사학위논문 『미야자와 켄지와 한용운의 시 비교연구』외 소
논문 다수

· 공저 『1960년대 시문학의 지형』『일본인의 삶과 종교』

· 번역서 『바람의 교향악』, 『은하철도의 밤』, 『바람의 마타사부
로/은하철도의 밤』, 『귀택』(이목윤 개인시집 일역)

· 바라시동인회 7, 8, 9, 10집 참가, 『0度동인』1, 2집 참가

· 한국외국어대학교 일본어대학 강사, 미등단

放火

　내 마음 속 들판의 잡초들과 잔가지들 누렇게 서리 맞은 곳에 성냥 하나 긋는다 오직 태우기 위해 마련된 태초의 번제물처럼 물기 마른 잎들은 서로 몸을 부딪친다 후우 불 끄고 주위 둘러본다 이 많은 인연들이 나에게 고함친다 내 무엄함을 책망하듯 그들은 최후의 위협을 가해온다 얽히고 설킨 찔레꽃 넝쿨 한때 뱀들의 교미를 위해 그늘이 되어준 저 넝쿨은 얼마나 많은 슬픔의 꽃을 하얗게 피웠을까 붉은 열매들은 피울음 가을 하늘에 울고 새들이 높이 날았던 기억의 장원에서 이제 이별을 준비하는 성냥개비 하나 든다 소녀는 불꽃 속에서 희미하게 웃으며 사라져 가고 사람들의 발밑에서 짓밟히는 바구니와 성냥갑들 어느 날 지상에 발 딛고 있는 인간들의 발이 공중을 향해 춤 출 때 내 기다리던 성냥팔이 소녀 다시 와 줄까 희망은 한낱 어두운 두멍 들여다 보는 것 더 이상 나의 친구가 아니리 내 앞에 놓인 찔레꽃 넝쿨 태우리라 다시 어둠을 배어먹고 불 일으키는 성냥개비여 저 오만한 음화를 태워 버려라 풀과 나무들 넝쿨 식물들의 고집스런 줄기마저 네 안에 있느니 넌 황야의 무법자

　흐흐흐 타오른다 불의 아가리여 더 크게 벌리고 잡아 먹으라 네 욕망이 재로 변해 차디찬 돌이 될 때까지 저 의미 없는 밤 축내는 하늘 높은 곳까지 네 붉은 혀를 뻗으라 세상의 모든 웃음 소리들 히히 깔깔 호호 하하 하-아-흐-흐-흐-흑-

흑-흑-뚝 성냥팔이 소녀여 시커먼 얼굴로 일어서는 저 땅을
보아라 갑자기 성냥팔이 소녀는 작아져 자궁 속으로 모습을
감추고 저 들판에 불그레한 별 하나 떴다

엘 콘도르 파사

엘 콘도르 파사 그대 보내고 돌아오는 길 하늘아 너의 넓고 푸른 얼굴 속에 그대 얼굴 겹쳐지나니 엘 콘도르 파사 그대 내 님 아니리 내 품에서 날아간 철새 한 마리 하늘은 너무 넓어 눈물 나구나 홀로 가버린 너 혼자 남은 나 엘 콘도르 파사 내 가슴 속 갈대잎 서걱서걱 부벼대는데 마지막 남은 온기 품어 보는데 내 님아 시린 가슴 안고 떠나는 뒷모습 엘콘도르 파사 그대 가버렸어도 난 보내지 않았노라 엘 콘도르 파사 내 빈 가슴 비어서 가벼워진 몸 하늘에 날려 보내는 가을 저녁 엘 콘도르 파사 한 떼의 새들 쏴아 날아가는데 너로 묶인 내 마음 종이 비행기 되어 날아가는 엘 콘도르 파사

스트린드베리를 추억하며

1838년 스트린드베리는 노르웨이의 어느 뒷골목에서
『Till Damascus』를 쓰고 있었다
대학을 나왔으나 그의 지식은 뿌리 잃고 떠도는 사막의 유카
리꽃 호주머니 속은 비어 있었다 겨우내 북구를 휩쓸던 한파
물러가고 유빙이 하구를 향하여 세찬 전진을 할 때 연어들
은 모처럼 유빙의 배를 즐겼다 그의 서재 낡은 성경 속
Damascus는 환영처럼 일렁여 신경쇠약을 일으킨다 얼었던
땅을 뚫고 나오는 생명들의 아우성 그의 뇌 가득히 들어차
가슴으로 내려가고 그의 다리는 한없이 걷는다 밤낮을 걸어
신의 제단을 찾았으나 그가 기도하면 발밑에 여자들이 그의
발목을 잡는다 실신한 그를 정신과 병동에 누이면 몸집이 큰
사나이들이 그의 팔다리를 침대에다 단단히 묶는다 의사는
수면 주사를 놓고 친절한 간호부는 깨면 약 드세요하고 요염
한 미소를 짓는다

그는 본다 얼굴 감춘 의사와 간호부들 그 앞에 한 사나이
가 미친 듯 울부짖는다 십자가를 박살내고 힘찬 발로 지근지
근 밟는 소리가 난다 벽에서 악마 아하스페르츠가 튀어나와
그 사나이의 어깨를 두드려 준다 거기에 힘입어 사나이는 앉
았던 의자를 의사와 간호부들에게 집어 던지고 난 있지도 않
은 신과 싸웠노라 보라 내 발목의 상처를 난 그를 이겼노라
고함지른다 보이지 않는 것을 보고 믿는 건 죄악이다라고 선

언한다

　잠에서 깨어났더니 스트린드베리 옆에 거지가 하나 앉아 있었다 어디서 구했는지 빨간 당근을 자근자근 씹어 먹고 있었다 중요한 건 그가 그걸 먹기 전에 일용할 양식을 준 신께 감사드렸다는 거다 거지 주제에 하느님께 감사 드려 스트린드베리는 거지의 당근을 빼앗아 한입에 삼켜 버렸다 거지는 당신을 오늘 지옥 문에서 기다리죠하고 도망쳐 버렸다

　한 젊고 아름다운 여자와 수녀가 벤치에서 이야기를 나눈다 그곳을 지나가던 스트린드베리는 순간 아그네스 당신이군요 하고 반가워하자 여자는 이쪽을 보지 못한 듯 루치아 수녀의 얼굴을 바라보고 네네한다 화가 난 그는 여자를 걷어 차려 하자 사라지고 만다

　아무도 상대해 주지 않자 그는 오솔길을 걷는다 지치고 빵 한 조각 먹지 못한 그는 비틀비틀 쓰러질 듯하다 낯익은 묘지가 보인다 그러고 보니 거긴 어릴 적 집 뒤의 교회 묘지였다 아버지와 어머니의 묘표에 이어 그의 묘표가 보인다 거기엔 '신과 싸워 진 자 여기에 묻히다'라고 써 있었다 언제 왔는지 그의 옆에 대학시절 선생이 서 있었다 자네 왜 무모한 짓 했나 자네가 쓴 글들은 모두 불태워졌다네 달리 말하면

화형 당했지 여긴 그런 게 안 통하거든 한다 멱살을 잡으려
는 순간 선생은 조소하며 사라진다 그 자리에 그의 친구들이
떼거리로 몰려와 스트린드베리 너 참 오만 하더라 그 버릇
여전하더군 그래 다마스커스는 찾았나 그래 가지고서야 어
떻게 찾나 자네 능력은 발톱의 때만도 못하지 않는가한다 그
들은 하하하 웃음 소리 길게 남기며 사라진다

　그만 하고 번쩍 눈을 떴다 1838년 10월 24일 신부와 수녀
가 침대 곁에 앉아 있었다 오늘이 며칠이죠 난 얼마나 잔 겁
니까 그가 질문하자 두 사람은 당신의 잠은 언제 깰 지도 모
르죠 고백성사는 언제 하실 건가요 하고 신부가 묻자 스트린
드베리는 평온한 모습으로 다시 잠에 빠졌다

바다

　　그리움인가 설레임인가 그대 등 가득 푸른 물결 지고 와
한꺼번에 부려놓는 그리움인가
꽃배 만들어 띄우면 바람결 따라 그대 사는 작은 집에 닿을
까 바위에 처얼썩 부딪쳐 사랑한단 말할까 아니야 타는 가슴
안고 잠수 하겠네 기다림이 등대 되어 서 있는 겨울 바다 칼
날 바람 뼈 속 후벼 파는데 내 님은 어디에서 만선으로 돌아
오는가 포구의 황혼 붉게 우는 저녁 그물을 손질하던 사람들
도 집으로 돌아가고 텅 비어 버린 부두 돌아오지 않는 님
물결 되어 발 밑 적셔올 때 시린 가슴 얼어 눈꽃 피는 강구항
내 등 뒤에서 바람이 외치는 소리 그는 돌아오지 않으리라
어리석음에 걸려 넘어진 자여 저기 임자 없는 바다 네 것이
되리니 네 것이 되리니

어느 남자의 하루 1

아침 아니 점심에 일어나니 아무도 없다
냉장고는 내 머리 맡에서 웅웅 신음하고 빛 들어오지 않는
방엔 아무도 없다 밤에 먹은 약기운에 아직도 멍한 머리 속
아무리 먹어도 낫지 않는 정신과 약 내 몸 어딘가 그것들 쌓
여 살갗 밖으로 튀어 나오려 한다 이불 걷고 일어나 담배에
불 붙여 화장실 간다 변기를 타고 앉아 한 개피 담배가 제 몸
다 태울 때까지 난 식물인간이다 아내는 고단한 몸 이끌고
지방으로 강의 가고 세 살 난 아들은 언제나 어머니의 몫이
었다 세수하고 식탁에 앉으면 때가 지난 밥이 노랗게 병들어
있다 안방 햇살이 어두운 심장을 찌르고 들어올 때 쯤 난 어
제 벗어둔 옷을 대충 입고 바깥을 나간다 사람들 모두 바쁜
데 난 언제나 하루를 보내기 위해 이를 물어야 한다 자판기
커피 마시며 볕을 쬐면서 문득 아내를 만날까 기다려진다 난
싸워야 한다 쓸모없는 나를 위로하고 다만 자살을 하지 않기
위해 견뎌야 한다 바람은 나의 마음을 아는지 살랑살랑 불어
오고 난 운동하는 대학생들을 지켜본다 한 때 내게도 푸른
시절이 있었노라고 몹쓸 군대만 가지 않았더라도 내 신경이
망가지진 않았을 텐데 거기까지 생각하면 울컥 치밀어 올라
또 담배를 피워야 한다 난 우울하다 돌아오지 않는 시간의
언덕 위에서 주춤한다 현재와 미래가 죽어가는 자에게 추억
이 약이 될수록 초라해진다 내 모습을 감추고 싶어진다 담배
를 밟아 끄고 일층에서 오층 꼭대기까지 단숨에 뛰어 오른다

순간 옥상으로 들어가는 문의 입은 자물쇠가 물려 있다 난
땅에도 발 딛지 못한 채 허공에서 빙빙 맴돌다 태양이 서녘
하늘에서 핏빛 가슴앓이 할 쯤 쓸쓸히 불안한 둥지를 찾아
든다 그리곤 다시 식물인간이 되기 위해 TV 리모콘을 누른
다 나의 천국이 문을 여는 시간 아내는 지친 얼굴을 숨기기
위해 어색한 웃음을 지으며 돌아온다

Sea

Is it longing or fluttering?
carrying blue wave fully on your back,
Is it longing that be released at a time?
When I launching a flower boat, may it reach your little
home
according to wind
Slamming the rock island, Do I say I love you?
No way! I would rather submerge with burning heart.
Winter sea where waiting turns into lighthouse,
cold wind penetrate to the bone, where do my dear
come back with full loading ship?
The flame of sunset at port weep in the evening,
people who repair net return to their house,
Empty pier
my dear who don't come back become wave and
when it make my feet wet, snow blossom which is
tranformed by cold heart flowers at GANG-GU port
The sound that wind shouts behind my back
He never come back.
One who fall down by stupidity
That sea which nobody own will belong to you
Belong to you

El condor pasa

シム　ジョンスク

　El condor pasa君を見送って帰る道、空よ、御前の広くて青い顔の中で君の顔重なる Elcondor pasa君は我が人ではない我が胸から飛んでいった一羽の渡り鳥、空はあまりにも広くて涙が出る一人で去った君、一人ぽっちになった私El condor pasa我が胸の中の薄の葉ざわざわ擦れるが最後に残った暖かさを抱きしめるが我が人よ、冷たい胸を抱きしめて去る後ろ姿
El condor pasa、君は去ったが私は見送ったことはない
El condor pasa我が空っぽな胸は空っぽで軽くなった身空へ飛ばされる秋の夕暮れEl condor pasa一群れの鳥たち飛んでゆくが君に縛られた我が心紙の飛行機になって飛んでゆく
El condor pasa

박 병 선

Park Byong Sun

아아…

어느새 접어든 중년의 세월
늘어진 거미줄을 밟으며
조심스레 걷는다

지워도 지울 수 없는 세월의 분말들이
문신처럼 선명한 추억으로 남아
생명처럼 숨쉬고 있다

약 력　　·『지구문학』으로 등단

　　　　　·시집 『자전거 타는 아이들』

자전거 타는 아이들

쉴 곳을 찾아 누운
둥근 두 개의 바퀴를 세운다
페달을 거꾸로 돌리며
어제 감긴 세월을 풀어주고
1단, 2단, 3단 기어를 올린다
힘차게 페달을 밟으며
바람을 문지르니
기어에 감긴 세월이 버거워
잠시 흙을 밟고 선다
기어를 1단으로 내리고 세월을 풀어
파란 하늘 찢어진 흰구름에 맞추니
시계의 초침소리가 바느질을 한다
따르릉 따르릉 초인종 튕기는
손가락이 힘차게 들린다
아이들의 함성 소리가
저녁노을에 향로 불을 켠다

국화빵 굽는 여자

아침 안개를 거둬
버무린 반죽으로
국화꽃을 굽고 있다

그 여자가 떨구는 미소가
불씨 되어 주홍빛 단팥 속에
수줍음 살짝 숨겨 놓고
달캉달캉 무쇠를 돌리며
국화꽃 피우는 소리

발 바닥에 굳은살이 박히도록
바삐 움직이는 손길이
흐르는 세월만큼이나 빠르다

국화꽃만 굽는 그 여자는
언제나 말이 없고
향긋하게 익은 국화꽃을
봉투에 한 아름씩 담아
웃음으로 건네준다

말 못하는 한을
국화꽃으로 피우는
그 여자의 모습이 아름답다

명상

고요히 앉아 있는 곳에
차는 반쯤 끓어
처음으로 향기가 나고

세월의 굴레를
찻잔에 채워
고독을 씹으며 마시는 한 잔의 커피

아아...

어느새 접어든 중년의 세월
늘어진 거미줄을 밟으며
조심스레 걷는다

지워도 지울 수 없는 세월의 분말들이
문신처럼 선명한 추억으로 남아
생명처럼 숨쉬고 있다

산수유

입 안 가득
노란 물 베어 물고
어린 바람 다독이며
풀어놓은 노오란 병아리

삐악삐악
꽃 송어리에 앉아
금분을 쪼으며
쟁글쟁글 수다가 영글고 있다

바라보는 내 마음도
병아리가 되어
꽃술 입에 물고
하늘 한 번 쳐다보고
노오란 꽃향기 고운 체에 받쳐
파란 하늘 벌판에
낮달의 인감도장을 찍는다

한 그루 나무가 되기 위해

바로 너였구나
작년 이맘 때였지
창 넘어 키작은 나무 한 그루
비바람에 흔들리고
세월에 부대끼며
겨우 몇 이파리 피워냈었지
그러던 네가
어느 듯
세상을 안다고 올려다볼 만큼
부끄럼 없이 곱게 자랐구나
무작정
달아나기만 하는 세월을 따라
억세게도 기어 오르는
바랭이풀 같은 너의 끈질김
이제는
땅 속 깊이 뿌리내려
널브러진 잎새 위에
바람을 올려 놓고 춤을 추누나

Bicycling Boys

Looking for the rest and lying there
Stand two round wheels.
Spinning a pedal upside down
Releasing time and tide which is coiled yesterday
Raise gear up.. first, second, third speed.
Pedaling energetically,
Rubbing wind,
Time and tide which is coiled at gear is hard to confront
so I stand on the ground a short while.
Descending gear at first speed, disentangling time and
tide,
Matching white torn-cloud in blue sky,
Sound of second hand of clock sews.
Ring, Ring, finger which ring a bell moves energetically.
Shouts of boys turn on the incense fire at the glow of
sunset.

菊の花模様のパンを焼く女

パク　ビョンソン

朝の霧を集め
捏ねたネタで
菊の花を焼いている

その女が落した微笑が
火種になって朱色のアンコの中に
恥しさをそっと隠し入れ
ガタガタ鉄の焼器を廻しながら
菊の花を咲かせる音

足の裏にタコが出来る程に立ち
早く動く手先が
流れる歳月程も早い

菊の花模様のパンを焼くその女は
いつも無口で
香り高く焼けた菊の花を
袋いっぱいに詰めて
笑と共に渡してくれる

語りつくせない恨みを
菊の花に咲かせる
その女の姿が美しい

허 열

Heo Yeol

사는 방식이야 예나 지금이나 다를 바 없어
세상의 거친 물결 헤쳐 다녀야 하지만
이제 젖은 영혼의 질긴 뿌리는 끊어야하리
네가 너를 끊고 정처 없이 떠다니는 하늘 끝
마른 영혼 하나가 너울너울 춤추며 뒤따른다

약 력　　· 충북 충주 출생

　　　　· ´91년 『월간문학』 등단

　　　　· 시집 『그리워서 눈조차 뜰 수 없네』외 다수

　　　　· 『낮게 그리고 느리게』 동인

봉선화

봉선화 뜨거운 살 꽃 핀다
한 세상 피 끓도록 사랑하고
한 생명 송골송골 피멍 맺힌다
붉은 상처만 질펀한데
꽃잎 자꾸 진다
지는 꽃 오래도록 눈 맞추지 않으면
누가 아름다운 꽃 한 송이
눈부시게 다시 피워 올리랴
상처없이 피어나는 꽃 없고
피어 비바람 피할 수 없다지만
사랑아,
서로가 서로에게 물들지 못하고
기약 없이 헤어진다 하여도
내 영혼 붉은 살꽃 목숨으로 피워낸
네 이름의 눈물 적셔 손톱 위에 새긴다

밀 물

밀물이 소리 없이 밀려 들어와 바다의 꼬리를 문다
순식간에 거품이 뜨고 갯벌이 비린내 가득하다
생전 처음 맡아보는 생피 냄새
온몸이 혓바닥인 거대 빨판을 가진 살인 낙지가
영화보다 더 실감나게 사냥하고 있다
살이 뼈를 삼키고 뼈가 또 다른 통뼈를 삼키고
뻔뻔함이 정직한 것들을 삼키며
시궁물이 맑은 물을 내몰고 개흙바닥에 앉아 있는 세상
이제 한 시대는 조용히 끝나지 않으리라
도둑게 조차 주인을 내쫓고 집을 점령하니
고발 한번 제대로 못하고 스러져서
썰물에 쓸려나간 더러워서 쓸려나간 허약한 진실들
매스컴에도 실리지 않고 입소문도 나지 않고
겨우 정형외과에서 정신을 조금 꿰매고
비뇨기과에서 마지막 실밥을 겨우 풀어 개흙을 배설하는
허풍선이 바다 밑에 서다 증빙도 없이 재판정에 서다

망 치

세상의 벽이 너무 완고하다
어두운 빌딩 밖으로 솟아나와 있는
손톱 없는 붉은 손가락
아프다 가슴이 늘 징하다
무엇이라도 더듬어 잡고 나가야 하는데
약한 놈 찾아 대못이라도 질러야 하는데
적의 살기 찬 눈빛 팔방에서 쏘고 있다
꿸 수 없는 희망이 평면으로 튀어나와
변두리 모퉁이에 서 있는 자리에도
허술한 벽은 아예 없다
날마다 세상의 상처 난 벽만 두드리다 돌아와
앵무새 TV 와 나란히 누워 구름시를 쓰고 있다
오늘도 어김없이 흔들리는 안테나
화면 속은 계속 비가 내린다
빈손의 녹슨 망치가 다시 젖고 있다

무궁화 꽃반지

만원 지하철 안 하반신 장애인 남자
절반은 걷고 절반은 버티면서
무궁화 꽃반지를 팔며 지나가고 있다
"반지사세요 무궁화꽃반지에요
삼천원짜리 천원에 팔아요.
다른 곳엔 없어요.
그래서 우리 장애인이 나섰어요.
무궁화 반지에요 우리 나라 꽃이에요"
뿌리 다친 몽당 발 무궁화 꽃반지 장수
작은 목소리로 외치며 두리번거린다
사방 둘러봐도 사는 사람 없다
모두 눈감고 못들은 채 졸고 있다
무궁화 꽃반지 뒤뚱뒤뚱 다음 칸으로 간다
몽당뿌리가 된 조선의 무궁화
조선의 가슴 속에서 절름절름 지고 있다

가오리 연

백악기에 사라진 먼 바다 가오리 한 마리
바람 타고 일백만년 만에 현신하여
하늘 깊은 바다 헤엄치고 있다
내장은 모두 빙하 속에 묻어두었을까
마른 꼬리지느러미만 미라의 몸에 매달려
눈발 휘날리는 아득한 바다 휘젓고 있다
세상에 다시 나와 하늘에서 내려다보니
사람들의 악다구니는 더욱 심하고
오염된 땅과 하늘과 바다가 너무 무서워
그 옛날 빙하기의 배냇짓하며
거친 숨소리로 허공에서 울고 있다
사는 방식이야 예나 지금이나 다를 바 없어
세상의 거친 물결 헤쳐 다녀야 하지만
이제 젖은 영혼의 질긴 뿌리는 끊어야하리
네가 너를 끊고 정처 없이 떠다니는 하늘 끝
마른 영혼 하나가 너울너울 춤추며 뒤따른다

A Balsam

허열 · HeoYeol _ 151

Hot flesh of azalea flowers.
Love madly for a whole life and
A life get a bloody bruise in profuse beads.
Red scars are numerous and
Petals are gone over and over again.
If no one exchange glances to flower which is gone
Who blooms a pretty flower brilliantly once more?
It is said that there is no flowers without scas
And no flowers can evade rain and wind.
But my lover,
Though we cant dye each other and break up without promise,
With tears of your name which is flowered by my Soul,
red flesh flower and life
It is carved on the fingernail.

ハンマ

ホ　ヨル

世の壁があまりにも頑固だ
暗いビルの外へ聳え出た
爪のない紅の指
痛い胸がいつも苦しい
何でも手探り握って出るべきなのに
弱いやつを探して大きな釘でも打つべきなのに
敵意と殺気でいっぱいの視線八面から睨んでいる
貫くことの出来ない希望が平面から飛び出て
街外れの隅に立っているところも
すたれている壁は全くない
日毎に世の傷つけられた壁だけ叩いては帰る
鸚鵡のテレビと並んで寝そべて雲の詩を書いている
今も間違いなく揺れるアンテナの画面の中は雨が降りつづく
空っぽな手の錆びているハンマが再び濡れている

동인 주소 및 연락처

바라시 동인지

김 려 옥

주소 : (우편번호 250-855) 강원도 홍천군 서면 모곡리
943번지

손전화 : 017-244-9982

김 영 자

주소 : 경기도 평택시 세교동 560 향촌현대APT 102동
301호

손전화 : 010-4209-5819

이메일 : kyj1333@hanmail.net

김 하 리

주소 : (우편번호 137-808)서울시 서초구 반포동 715-4
그린빌라트 402호

손전화 : 010-2589-5627

이메일 : halee5627@hanmail.net

문 은 옥

주소 : 서울특별시 도봉구 방학2동 644-16호 3층

집전화 : 02-6227-7155 손전화:010-2202-5381

이메일 : elegance-moon@hanmail.net

박 병 선

주소 : 경기도 광주시 초월읍 도평2리 110-2
손전화 : 010-8746-9178

박 하 연

주소 : (우편번호:100-95)강남구 청담동 82-7 효성빌라
7-104
집전화 : (02)544-6510 손전화:010-6351-4418

심 종 숙

주소 : 서울특별시 강북구 수유5동 443-14호
집전화 : 070-8116-5098
손전화 : 010-4210-9984
이메일 : kokayaa@hanmail.net

이 귀 온

주소 : (우편번호:139-240)서울특별시 노원구 공릉동
661-21
전화 : 02-973-0495
손전화 : 010-5355-9130

임 금 재

주소 : 경기도 광주시 초월읍 지월리 747-2

손전화 : 011-236-2675

이 명 우

주소 : 경기도 광주시 송정동 100-117번지

손전화 : 010-2229-0382

임 규 택

주소 : 경기도 이천시 단월동 131-1

손전화 : 011-745-7708

전소영

주소 : (우편번호:405-868)인천시 남동구 만수6동 1040-
2 세진빌딩4층CNN어학원

전화 : 032-469-0542

손전화 : 011-217-4211

이메일 : jyhanalove@paxnet.co.kr

cnnacademy@yahoo.co.kr

조 동 권

주소 : (우편번호:110-761) 서울특별시 종로구 종로
　　　　1가 36 농민신문사 생활문화부

전화 : 02-3703-6164

손전화 : 011-9809-5969

이메일 : dkjo@nongmin.com

허　　열

주소 : 서울특별시 노원구 상계5동 금호APT 102동
　　　　304호

손전화 : 011-212-1104

이메일 : heoy203@hanmail.net

바라시 동인지

바라시 동인지 **봄날** 열반으로 지다

2010년 4월 30일 초판인쇄
2010년 5월 10일 초판발행

지은이 : 바라시동인
펴낸이 : 이 혜 숙
펴낸곳 : 도서출판 신세림
　　　　　100-015 서울특별시 중구 충무로5가 19-9 부성B/D 702호
등록일 : 1991. 12. 24
등록번호 : 제2-1298호
전화 : 02-2264-1972
팩스 : 02-2264-1973
E-mail : shinselim72@hanmail.net

정가 10,000원

ISBN 89-5800-097-X, 03810

* 잘못된 책은 구입하신 서점에서 바꾸어 드립니다.